P9-AOZ-139

Diazcolg

ALFAGUARA

Los Pelusos
Cuentos policiacos

Enrique Pérez Díaz

Ilustraciones: Enrique Martínez

043

LIBRARY
BURBANK MIDDLE SCHOOL

LOS PELUSOS. CUENTOS POLICIACOS
D.R. © Del texto: Enrique Pérez Díaz, 2001.
D.R. © De las ilustraciones: Enrique Martínez, 2001.

ALFAGUARA

D.R. © De esta edición:
Editorial Santillana, S.A. de C.V., 2001.
Av. Universidad 767, Col. Del Valle
México, 03100, D.F. Teléfono 5420 7530
www.alfaguarainfantil.com.mx

Éstas son las sedes del **Grupo Santillana**:

ARGENTINA, BOLIVIA, CHILE, COLOMBIA, COSTA RICA, ECUADOR,
EL SALVADOR, ESPAÑA, ESTADOS UNIDOS, GUATEMALA, MÉXICO,
PANAMÁ, PERÚ, PUERTO RICO, REPÚBLICA DOMINICANA,
URUGUAY Y VENEZUELA.

Primera edición en Alfaguara: agosto de 2001
Primera edición en Editorial Santillana, S.A de C.V.: mayo de 2002
Primera reimpresión: octubre de 2002
Segunda reimpresión: marzo de 2003

ISBN: 968-19-1018-4

D.R. © Cubierta: Enrique Martínez, 2001.
Cuidado de la edición: Marta Llorens y Diego Mejía Eguiluz

Impreso en México

Todos los derechos reservados. Esta publicación no puede ser reproducida, ni en
todo ni en parte, ni registrada en o transmitida por un sistema de recuperación de
información, en ninguna forma ni por ningún medio, sea mecánico, fotoquímico,
electrónico, magnético, electroóptico, por fotocopia o cualquier otro, sin el per-
miso previo, por escrito, de la editorial.

Este libro se terminó de imprimir en marzo de 2003, en Mhegacrox, Sur 113-B,
núm. 2149, col. Juventino Rosas, 08700, México, D.F.

A los Pelusos,

de todas las épocas y lugares,
¡porque siempre tengan estas y
muchas otras aventuras!...

Aventura nocturna

A mí nunca me ha ocurrido algo interesante, en cambio a Pelusa, mi hermana gemela, sí. Ella siempre anda, como dice mi madre, buscándose un lío distinto, y en los lugares más inesperados.

—No sé qué voy a hacer con esta niña —grita mi abuela, con las manos en la cabeza, cada vez que le dejan a mi hermana.

Y es que a Pelusa le ocurren más cosas que a nadie: lo mismo cae de un tercer piso hasta un cocotero, que echa sal en el café de las visitas, se pone mi ropa, o monta en ómnibus equivocados y va para donde nunca pensó llegar.

Me gustan mucho las historias de misterio, los cuentos de policías y ladrones, y sé que

alguna vez seré escritor. En cambio mi hermana no los soporta, y es a ella a quien le suceden
cosas de novela policial; con sus aventuras se
podrían escribir libros enteros. Tal vez en alguna oportunidad yo tenga el valor de contar
sus aventuras. Ya todos los guardacostas de
nuestro pueblo, Santa Fe, nos conocen como
Los Pelusos. Sí, porque Pelusa se busca los líos y
soy yo quien la saca de ellos.

Como la vez que se murió el tío abuelo
Marcos; él ya era muy viejo y vivía solo en el
Vedado. Toda la familia fue al velorio. A nosotros nos dejaron aquí, en Santa Fe. Pero, ¡qué
va!, mi hermana dijo:

—¡Yo tengo que ir, Peluso!, ¿y los quíquiris?
¿Quién los cuidará ahora que el tío abuelo se ha
ido?

Y en la noche nos escapamos para allá. Del
susto, a mamá por poco se le caen los anteojos al
vernos aparecer casi de madrugada. Imagínense.
Mi hermana, además de aventurera, es despista-
da: se le olvidaron las rutas del autobús, y estuvimos paseando de uno en otro la noche entera.

Después vino lo de la caja. Sí, porque ella
dijo que a los quíquiris debíamos llevarlos para

nuestra casa. No quiero acordarme de la que armaron esas aves cuando las guardamos en la caja del televisor. ¡Qué escándalo! La algarabía se escuchaba en varias cuadras a la redonda.

Tratando que no nos sintieran, salimos a la calle, y como a esa hora hay pocos autobuses, montamos en un camión de carga que iba cerca de nuestro pueblo. El chofer nos dejó al fin, muy preocupado, en el cruce de la carretera del Mariel, pero Pelusa lo consoló diciéndole:

—No se asuste, ya estamos cerca. Nosotros somos los presidentes de un Círculo de Interés y Protección de la Zoología y llevamos unos especímenes exóticos para su estudio.

Más confundido que antes, el hombre dijo adiós.

El lío fue que, como estaba tan oscuro, acabamos perdidos, lo cual no es algo nuevo para mi hermana. ¡Qué problema! Caminamos y caminamos, y fuimos a dar a la loma del tanque. Allí cerca encontramos una casa; estaba oscura y cerrada, al parecer deshabitada. A Pelusa se le antojó treparse por un árbol para llegar al techo y ver si tenía chimenea por donde entrar, como en las películas. ¡A esa hora buscar una chimenea! Algo así nada más podría ocurrírsele a ella y a su cabeza loca, no sé de dónde sacó la idea de que allí podría haber una dichosa chimenea.

Ya nos sabíamos de memoria aquel tejado, cuando sentimos unas voces que susurraban allá abajo.

—Son ladrones, y van a repartirse el botín —aseguró Pelusa, empujándome de tal modo que por poco resbalo tejado abajo.

¡Qué boca la suya! Efectivamente, empezaron a hablar de un robo y, dinero va, dinero viene, a darse tragos de una botella. Luego entraron en la casa, según dijeron, para esperar a otro que vendría a recogerlos.

Pasó mucho rato y todo quedó en silencio. Yo tenía sueño; en cambio mi hermana, quien no estaba quieta ni un minuto, dijo que yo debía cuidar allí mientras ella avisaba a la policía. Y yo que no, que quien debía ir era yo, y ella quedarse allí tranquila, sin hacer ruido para que no la vieran. No existía manera de convencerla. Hasta que al fin se le ocurrió algo, alguna idea repentina, y aceptó que yo saliera a la carretera a ver si hallaba una patrulla.

Yo tenía un poco de miedo, ¿y si me encontraba con el ladrón que vendría? No se lo cuenten a nadie, pero estaba muy asustado. Ahora no podría decir a quién le temía más, si a los ladrones o a las ocurrencias de mi hermana.

Al fin, después de algunos tropiezos, di con la carretera. Por suerte pasó una moto y resultó ser Migue, un policía novio de una prima nuestra, quien se sorprendió mucho cuando le conté, y no había forma de que acabara de entender los motivos de nuestra aventura nocturna. Lo que pareció preocuparle más fue saber que Pelusa estaba allá, sola; seguramente también conocía su fama para buscarse líos.

—Vamos, tu hermana es capaz de cualquier cosa, y esos dos deben ser de cuidado.

Entonces montamos, y él llamó por radio a la patrulla diciéndole hacia dónde íbamos. Una vez allí, dejamos la moto un poco lejos para que no hiciera ruido. Trepamos por un árbol hasta el techo y allí estaba Pelusa, de lo más divertida, tirándole piedras y palitos a los ladrones a través de un hueco que había encontrado entre las tejas.

—Pero, niña, ¿estás loca? —le reprochó Migue en voz baja.

—Los tengo asustados —aseguró mi hermana con aire triunfal—. Creen que en la casa hay ratones, murciélagos y toda clase de bichos. Hasta hablaron de traer un gato para la próxima vez que roben en el supermercado.

—¡Ah! —exclamó Migue—. Ya sabía lo del robo, mas no imaginé que los encontraríamos tan pronto.

—Escucha —susurró entonces Pelusa—. Dice el gordo que, como el otro no viene, se van con todo el dinero.

—Tengo que detenerlos —Migue se veía decidido a no dejarlos ir, mientras lo dijo ya bajaba del tejado.

—Ten cuidado, tal vez estén armados —le recomendé yo.

—Descuida. Se aguantarán al ver esto —y sacando su pistola se fue.

Entonces comenzaron a ocurrir cosas. La puerta se abrió violentamente con una patada de Migue, y los hombres se quedaron más pálidos que un papel. Juraban que ellos no ha-

bían hecho nada. De pronto, Pelusa casi me
tira por el hueco de un pellizco que me dio.

—Peluso, mi hermano, viene otro, y Migue no lo ha visto. ¡Ay! Entró y le ha dado en
la cabeza. ¡Actuemos!

Y diciendo esto, tomó la caja de los pollos
y empezó a romperla.

—Pero, ¿qué haces? —pregunté.

—¿No has leído el cuento "Los músicos
de Bremen"?

—Sí, el del gallo, el perro, el gato y el
burro que asustaron a unos ladrones.

—Pues éstos serán los nuevos músicos...
de Santa Fe.

Y al decirlo, empezó a tirar quíquiris hueco abajo. Caían como fantasmas voladores sobre los hombres y, mientras hacía esto, Pelusa
no cesaba de brincar por el techo gritando "ulu-
lulululululuuuuu" como una india piel roja en
pleno oeste. El escándalo no tenía nombre. Las
tejas se rompían y los quíquiris peleaban entre
ellos, y también atacaban a los de allá abajo.
De pronto, uno voló asustado cuando trataban
de agarrarlo, y al chocar contra el farol de com-
bustible lo rompió y todo quedó a oscuras.

—Bobo —me dijo ella, mientras seguía en lo que llamaba su danza de la guerra apache—. Baja y trata de rescatar a Migue. ¡Que no te atrapen!

Obedeciéndola, busqué a nuestro amigo en medio de aquella confusión, pero agarré la mano de un tipo de aquéllos, quien gritó:

—¡Hey, caballeros! Aquí hay un niño también... Van a ver lo que haremos con él.

Migue, quien al parecer consiguió recobrarse del golpe en la cabeza, aprovechó la oscuridad para dar golpes a diestra y siniestra. Al fin, yo pude soltarme y salí corriendo de la casa.

Mientras, en el techo, mi hermana brincaba hecha una verdadera indígena —con plumas y todo en su cabeza—, como si no le importara nada más en el mundo.

Entonces vi las luces afuera. Había varias patrullas y muchos policías rodeando el lugar.

A esa hora los ladrones estaban tan confundidos que no opusieron resistencia, y se dejaron conducir esposados hasta la estación.

El jefe de la unidad, un teniente, dijo que nos llevaría a casa, pero entonces Pelusa puso cara seria.

—Yo tengo que recoger a mis quíquiris. Cualquiera podría hacerles daño.

—¿Tú crees? —le dijo él, sonriendo con ironía.

—Sí, son muy pequeños, tan indefensos.

—Tan indefensos como tú, pequeña —concluyó el teniente—. Vamos a dormir, "problema rubio", hace mucho que el reloj dio la hora adecuada para ti.

Misterio en la biblioteca

Al vernos, la jefa de la sala juvenil de nuestra biblioteca nos pregunta: "¿Qué libros quieren hoy?"

—Uno de Agatha Christie —responde mi hermana—. Me encantan los misterios.

—Es para adultos —explica la muchacha—. Ven, Pelusa, quizá tenga aquí algo bueno para ti. Un libro de misterios, pero infantil...

Pero el libro no aparece.

—¡Qué raro! No está entre los prestados, ni en el grupo de atrasos. Es el tercer libro que desaparece en este mes...

—¿El tercero? —pregunta Pelusa con los ojos más abiertos que un sapo.

—Sí —contesta nuestra amiga—, se pierden unos libros y otros aparecen rotos. No hemos descubierto a nadie. Parece cosa de duendes.

Aquello acaba por interesar a Pelusa. Me mira con su cara especial y sé que trama algo.

—No tenga pena, leeremos cualquier cosa —dice a la bibliotecaria—. ¿Y no sospecha de nadie?

Al otro día volvemos. Ahora Pelusa, quizá por la emoción de ir a la biblioteca, me gana leyendo a mayor velocidad.

—Vengan esta noche —nos invita la bibliotecaria—. Hoy inauguramos una exposición de numismática.

Esa noche...

La planta alta de la biblioteca está llena de gente. Un señor habla de la importancia cultural e histórica de las monedas. Todos le aplauden.

De pronto, Pelusa me toca en el hombro y mira significativamente hacia una esquina.

—¡El ladrón! —susurra emocionada—. Es un hombre que conozco de vista. Entró en aquella oficina.

—No inventes —le replico—. Quizá tenía que ir a ver algo.

Avisamos de inmediato a nuestra amiga,
pero donde Pelusa indicó no hay nadie, sólo hay
muchos libros, ¡ah!, y un armario de pared.

—Nunca se abre —aclara la muchacha—.
Hace años perdimos las llaves, y el cerrajero
dice que no se pueden repetir pues son muy
antiguas.

—Esto no me gusta —me dice mi hermana al oído—. Cuando cierren, nos quedamos

LIBRARY
BURBANK MIDDLE SCHOOL

escondidos. ¡Avísale a Migue! Hoy está de descanso mas no importa, por algo es policía.

Migue pone cara de susto cuando le cuento. Creo que ya nos huye, porque siempre andamos en líos.

Estamos escondidos en la cocina. Pelusa en un horno vacío, Migue detrás del refrigerador, y yo debajo del fregadero.

A las diez y media de la noche se fueron todos y apagaron las luces.

Ahora hay quietud, silencio.

De pronto escuchamos una extraña risa, ampliada por el eco de las habitaciones vacías.

La risa se acerca a nosotros.

El hombre ríe como un loco.

Yo tiemblo del susto, y además me está cayendo una gota de agua fría sobre la cabeza.

Desde mi escondite puedo escuchar cierto corre-corre en la sala de exposiciones.

Cierran una puerta.

Alguien da un grito de sorpresa.

Luego se escucha un alarido de terror.

Después, susurros.

—¡Quiquiriquiiiiiiiiiiii! —ésa debe ser mi hermana, pero ¿dónde se ha metido?

Tropiezo con alguien.

—¡Ayyyyyyyy!

—Shhhhhhh —ordena Migue—. ¿Y tu hermana?

—¿No la escuchaste cantar? Ése es su grito de guerra... Después de eso, se le puede ocurrir cualquier cosa.

Alguien se acerca corriendo.

Me aparto.

Migue lo atrapa.

Por nerviosismo, accidentalmente toco un botón en la pared.

Al encenderse las luces, Migue tiene agarrado al hombre.

Se ve un gran desorden: libros y cartuchos con monedas antiguas regados por el suelo.

Pelusa viene con un manojo de llaves y la manga de una camisa como trofeos de guerra.

Mientras Migue se lleva preso al ladrón, mi hermana comenta con aire triunfal:

—¡Siempre sospeché de él! ¡Para un buen cerrajero no existen llaves difíciles, por muy antiguas que sean!

Se ha perdido
un sombrero

En casa de Tía Agatha habrá fiesta de disfraces. Es con viejos artistas amigos suyos, y los únicos niños invitados seremos mi hermana Pelusa y yo.

Hoy, cuando buscábamos qué ponernos, algo ocurrió:

—¡Mi hermano, mi hermano! —dijo ella—. No la encuentro, la peluca verde no está por ninguna parte...

—¿Aquella de tu traje de elfo? —pregunté—. Tampoco mi penacho de plumas, el de cacique indio.

—¡Qué raro, Peluso! El vestido sí está. Preguntaré a mamá.

Nuestra madre también está intrigada: de la sala ha desaparecido misteriosamente el sombrero de charro mexicano, que hace años trajera papá del carnaval de Veracruz.

—Vamos a casa de Tía —se me ocurrió—. Tal vez nos preste algún disfraz.

En la calle encontramos a La Mulata Sandunguera, quien, como de costumbre, pasaba agitando sus pulseras y haciendo sonar también sus chancletas:

—¡Ayyyyy, ayyyyy, mi turbante punzó de perlas y lentejuelas, alguien me lo robó, ayyyyy!

—¿Cómo fue eso? —le preguntó Pelusa intrigada.

—Barría el patio de casa y me lo arrancaron de la cabeza. No pude ver a nadie.

—Peluso, Peluso, esto es un auténtico enigma. ¡Corramos a casa de Tía!

Por el camino seguimos tropezando con personas intrigadas. Susana, la enfermera del médico de la familia, iba sin su quepis; Sebastián, el cartero, había perdido su hermosa gorra; Virgilio, el vendedor de hierbas aromáticas, su sombrero de guano; Rufino, el bodeguero calvo, su gorrita madrileña de paño; Bartoldo, el flautista, su borsalino; y Tato, el muchachón que siempre anda con una gigantesca radiograbadora de bocinas al hombro, su gran sombrero alón de fieltro negro adornado de canutillos.

—¡Hay un ladrón coleccionista de sombreros aquí cerca! —aseguró mi hermana.

—Y lo peor —agregué yo— es que nunca deja huellas ni pistas.

—Desde casa de Tía avisaremos a Migue.

Tía Agatha también estaba muy preocupada.

—¡Ay, niños, a este paso la fiesta de esta noche se suspenderá! ¡Alguien robó todos los sombreros de mi guardarropas!

—¿También aquí? —dijimos a coro.

—¡Aquí y en todas partes! Imaginen, si hasta el birrete de graduada de la abuela Carolina, que tiene como un siglo, ha desaparecido. Y todos los sombreros de mis amigos, y los de mi colección: el hongo de Charlot, el bombín de Barreto, el del mago Merlín, el del mandarín chino, el de princesa medieval, el de la faraona, mis treinta y seis tiaras con plumas, flores y joyas de fantasía de la comedia musical, los de los mosqueteros, los de vaquero, la gorra a cuadros de Sherlock Holmes y hasta mis magníficas imitaciones de las doce coronas de la famosa y perdida reina Elexni la terrible, de Etrur...

—¿Quién querrá tantos sombreros?

—Alguien que seguramente no tiene cabeza —aseguró Tía—. Hay tanto loco suelto por ahí.

Al llamar a Migue, éste respondió que investigaría, aunque ahora estaba muy liado con el caso de los papalotes que volaban solos...

También nosotros salimos a callejear por si descubríamos algo, vaya, para no perder la costumbre.

En la avenida mucha gente sólo hablaba de eso. No había quedado ni un sombrero en la cabeza de nadie, y todos se intrigaban con aquel misterio. Nunca antes había ocurrido algo así en Santa Fe.

Regresábamos cansados cuando, al pasar junto a la casa llamada "entre pinos", mi hermana me pellizcó casi arrancándome el brazo.

En el pino más grande de todos estaban los sombreros desaparecidos, que, como extraños frutos, se mecían al viento. Era algo hermoso y excitante. Parecía que en cualquier momento muchas cabezas asomarían por entre las ramas del pino verde.

Entonces llegó Migue sonriente:

—Ah, ¿ya lo descubrieron todo?

—No, no sabemos nada. ¿Quién lo hizo?

—Este bandido —dijo, mostrándonos un simpático monito muy inquieto que trataba de quitarle la gorra—. Desde hace días teníamos una denuncia del Circo Fantasía, mas nunca nos aclararon que el acto de este pillo consistía

en quitarle sombreros al domador para saludar al público. ¿Simpático, no?

—¿Y qué pasaría ahora si todo el mundo se pusiera un sombrero que no es el suyo? —preguntó Pelusa con su aire más inocente—. Tal vez un nuevo misterio: el de los sombreros cambiados, ¿no creen?

La moneda
de la suerte

Mi hermana gemela Pelusa gusta de las historias, sobre todo de misterios y crímenes. Hace poco, cuando leí *La isla del tesoro*, de Robert Louis Stevenson, también se la conté y ahora quiere correr las aventuras de Jim...

Ella lo mismo se disfraza de Pippa Mediaslargas que de Mowgly, o Ana, la reina de los Mosqueteros de Francia. A Pelusa le apasionan los personajes intrépidos como ella, esos que siempre andan en problemas.

En Santa Fe, la playa donde vivimos, hay algunas leyendas de tesoros y piratas. Casualmente el otro día, cuando nos bañábamos en el mar, hallamos bajo el agua una moneda, antigua, según mi hermana. Tenía la efigie de un hombre desconocido, era dorada y con palabras en inglés. Lo raro fue que estando bajo el mar se conservara tan nueva.

Al momento, Pelusa dijo que se trataba de un botín de piratas, tal vez el que perdiera John Silver, aquel de la Hispaniola. Buceamos con visor mas no apareció nada.

Luego, al mostrarle nuestro hallazgo a la bibliotecaria, ésta nos aseguró que no era antigua, pero sí norteamericana.

¿Y qué hacía en nuestra playa?

Al otro día volvimos al mismo sitio, cerca de la desembocadura del río Santa Ana. Entre las piedras había un paquete vacío de chicles, muchas colillas de cigarro y una lata de cerveza.

—¡Qué raro! —gritó mi hermana, intrigada—. ¡Algo pasa aquí!

—Ni me lo imagino —exclamé mirando un poco inseguro hacia todas partes.

—Investigaremos esta noche, tal vez descubramos algo interesante. Aquí cerca huele a piratas.

—¿Por una moneda de 25 centavos piensas hallar un tesoro?

—Sí, mi hermano. Recuerda las leyendas que hay en Santa Fe, como aquella del galeón que llevaba un importante cargamento de oro hacia Pinar del Río y se hundió cerca de la costa. Antes de entregarlo a los corsarios, la tripulación del barco prefirió desaparecerlo, y se cuenta que algunas noches ese oro brilla desde el fondo y el mar se torna de un azul especial...

—Pero nunca lo han hallado —la interrumpí.

—Yo sí lo encontraré —exclamó Pelusa triunfal—. La bibliotecaria aseguró que tenemos una moneda de la suerte...

Por la noche dijimos a mis padres que íbamos a una obra de teatro y partimos a las carreras hacia el bajo de Santa Ana. Complaciendo a Pelusa, nos habíamos vestido exactamente iguales: camisetas a rayas, pañuelos con lunares en la cabeza, una argolla en la oreja izquierda y el imprescindible parche en el ojo derecho. ¡Dos auténticos piratas!

—Ya nunca sé cuál es cuál —comentó mamá a una vecina—. Se parecen tanto, como dos gotas de agua. Siempre andan en algo diferente: son colombófilos, filatélicos, numismáticos, etnólogos, canaricultores, espeleólogos, trovadores, practican natación y hasta asisten a un taller literario. Eso, por no hablar de su manía detectivesca.

—¡Qué lindos! —aseguró la vecina—. ¡Tan chiquitos e inteligentes! Se ve que no pierden el tiempo, y tienen un aspecto tan tierno y angelical con ese pelo rubio y esas caras sonrosadas...

—Sí, sobre todo eso último —sonreía mamá burlona mientras atravesábamos el jardín.

La noche era muy oscura. Nos sentamos en las márgenes del río, entre unos grandes bloques cuadrados parecidos a los del libro de la Isla de Pascua. Había humedad y me entraron deseos de estornudar.

—¡Ni se te ocurra! —regañó mi hermana, quien es muy mandona y se pone insoportable cada vez que se acerca una aventura—. ¡Nos descubrirían!

—¿Quiénes?

—Los piratas, por supuesto. Han venido a buscar su tesoro...

—¡Tienes más imaginación que yo...!

—¡Shhhhh! Calla, mira hacia allá. Veo algo...

A través del río divisamos una luz. ¿Se acer-
caba un bote? ¿De piratas? Nos apretamos contra la piedra, hasta temíamos respirar. El bote
pasó casi junto a nosotros y siguió río arriba.

—¡Vamos! —susurró Pelusa levantándose...

Los fuimos siguiendo con mucho cuidado.
¿Quiénes serían los que llegaban del mar a esas
horas?

Sin temor a mojarnos, cruzamos por un di-
que de piedra escondido a flor de agua. La luz
del bote iba más adelante.

En la otra orilla, ocultos entre los mangles, pudimos ver a un hombre cavando un hueco mientras otro alumbraba con un farol.

—¡Apúrate! Los siento llegar —dijo uno—. Acabemos con esto. No soporto más a ese americano. Sólo sabe exigir: "Tesora, yo querer tesora. Valer mucha dinera". ¿Quién nos mandaría meternos en este lío, si sólo somos pescadores? En mala hora encontramos ese famoso tesoro que tanta gente ha buscado.

—¿En mala hora? —peleó el otro—. ¿Estás loco? Si no es por aquella tormenta que nos obligó a refugiarnos detrás de la ensenada, donde hay tanto escollo y el tiburón está sato, no lo hubiéramos hallado. Ahora ese americano nos dará mucho dinero y nadie tiene que enterarse...

¡No podíamos creerlo! Sacaban un cofre muy grande y pesado.

—¡Pónganlo aquí! —ordenaron los del bote de remos, quienes observaban la escena desde hacía un momento—. El americano ese tiene mucha prisa, al amanecer se va de la Marina Hemingway.

—¿Qué hacemos, Peluso? —susurró mi hermana.

—Ni se te ocurra bailar una danza india o cantar como un gallo —protesté recordando otra de nuestras aventuras nocturnas—. Vamos al pueblo. Hablaremos con Migue y los detendrán. Si nos quedamos podríamos acabar en el mar, como la vez que quisiste encontrar la perla azul.

—Pero alguien debe quedarse —insistió ella—. Si no sabemos dónde se esconden podría desaparecer el tesoro...

—Entonces me quedo yo —afirmé decidido—, y tú darás la alarma.

Pelusa escapó corriendo como pudo entre los mangles, y cuando se alejaba, uno de los hombres exclamó:

—¿Oyeron eso?

—Seguro es una jutía. A veces llegan hasta el manglar —aseguró otro—. ¿Por qué no abrimos el cofre para verlo por última vez?

Entonces pensé que estaba amaneciendo. La noche se llenó de brillo, de una luz dorada y extraña que parecía llegar desde un tiempo muy lejano.

Mientras tenían levantada la tapa del cofre pensé en cuánta sangre habría costado ese oro:

primero al quitárselo a los indios, que eran sus dueños, luego los africanos, después las guerras de los piratas y corsarios, y ahora estos hombres que se habían dejado comprar por un ladrón de tesoros, un ambicioso que no se detenía a pensar en el valor histórico de semejante descubrimiento.

Me dio la impresión de que transcurrían horas, de tan nervioso que me sentía por la espera.

Finalmente, Migue y Pelusa llegaron hasta mí, y desde nuestro escondite pudimos ver cómo, tras una reyerta tremenda, eran capturados los "cazatesoros".

Después supimos que gracias a nuestro aviso se descubrió al grupo completo, incluso a los intermediarios de los pescadores y al americano que pretendía comprar ilegalmente el tesoro.

Ahora las joyas y el oro estarán en un museo, bien custodiados y donde todos puedan admirarlos.

—Yo nunca me equivoco —asegura Pelusa con aire de victoria cada vez que hace el cuento—. Sabía que esta moneda nos daría suerte.

Quizás algún día trabaje de detective profesional, porque me encanta andar descubriendo cosas. Dejaré chiquitos a Poirot y a Miss Marple. Sí, eso haré. Todos me dirán Pelusa Holmes cuando sea grande...

—¿Cuando seas grande? —exclamo riéndome.

Intriga en la Torre Penjing

Había sido un hermoso día de playa, pero repentinamente "rompió" un norte. Como estábamos muy lejos de casa y el viento y el chaparrón hacían imposible el regreso, Pelusa y yo nos protegimos en un bosque de pinos que crecía bordeando los canales.

—¡El tiempo anda como enloquecido, perturbado, aturdido! —rezongaba mi hermana—. En mi agenda no tenía previsto un aguacero semejante.

En realidad no la pasábamos nada bien. El agua nos calaba y el viento hacía que nos abrazáramos al rugoso tronco de pino, so pena de salir volando.

—¿Y si buscáramos dónde guarecernos? —sugerí tímidamente—. No conozco bien esta zona, y como nuestra amiga Lupita no vino...

—Pero si seguimos aquí, o nos lleva el norte o nos hundimos en el fango.

La lluvia amainó y avanzamos a tientas entre los pinos. Nos acercamos a la carretera.

—¡Mira, Peluso! —gritó mi hermana—. ¡Aquella casa parece un castillito!

—Más bien una torre —le corregí.

—Sí, como una pagoda china o algo así. Vamos para allá...

Sin hacer caso a la maleza ni a la lluvia, corrimos hasta la pintoresca casita.

En la puerta había un llamador de bronce en forma de dragón.

"Gooonggggg", golpeamos. "Gooongggggg."

Al fin abrió la puerta un anciano. Vestía de blanco y sus ojos eran dos rayitas en su rostro aceitunado.

—Lobelto Chang, ¿qué desean, húmelas cliatulas? —dijo.

Como de costumbre, Pelusa se explayó dando detalles durante casi media hora. El viejito chino quedó muy impresionado con el vívido y escalofriante relato.

Roberto Chang, que así debía llamarse, nos hizo pasar, y al momento creímos estar en otra época: biombos con dragones volando, pálidas princesas con kimono, cuadros de naturaleza muerta o paisajes fabulosos. Lo más sorprendente era la cantidad de plantas que crecían por doquier.

—¡Qué lindos bonsais! —dijo mi hermana.

—¡Bonsai en Japón! En China, penjing.

Nos fue describiendo cómo se llamaba cada arbolito torcido, su antigüedad y el valor.

Lobelto nos brindó un delicioso té de jazmín y unos dulces chinos.

—Ha escampado —dijo pronto el anciano—. Cleo deben il a su casa.

Agradecimos su hospitalidad y le prometimos que volveríamos con Tía Agatha, y hasta con Florecita Chang, quien tal vez fuera su pariente extraviada "por los azares inmisericordes del destino más cruel", según mi hermana. Y nos despedimos del amable señor.

Anochecía cuando llegamos a la carretera; caminábamos lentamente cuando a nuestras espaldas frenó un camión.

—¿Desean un aventón, chamacos?

Nos habían advertido que no subiéramos a coches de personas desconocidas, y mucho menos a esa hora, pero estábamos tan cansados...

En el trayecto la indiscreta Pelusa no cesó de hablar de los tesoros que había en la Torre Penjing. El camionero la escuchaba silencioso. Aquel hombre no me pareció muy confiable, por eso me había sentado entre él y mi hermana.

—¡Así que un tesoro! ¿Oyeron eso, muchachos?

Inesperadamente, de la cabina posterior aparecieron dos hombres de tan mala apariencia como el otro.

—Vamos a visitar a ese viejito de las antiguallas chinas, estas criaturas nos ayudarán.

Entonces todo ocurrió de repente. Uno me agarró, el chofer frenó bruscamente y puso la reversa. Al instante se abrió la puerta y, hecha un bólido, Pelusa saltó del camión hacia las sombras y la lluvia. Los hombres discutían sobre qué hacer, si soltarme, buscar a mi hermana o cometer la fechoría.

Minutos después me introdujeron por una ventana de la Torre Penjing. "Si das la alarma, los hago carne molida a los dos", me dijo el de aspecto más fiero.

Adentro fue bastante difícil orientarme, pero escuché una voz familiar:

—¿Pol qué leglesas y de esa folma, pequeño aventulelo?

Como hubiera sido largo de explicar, simplemente dije:

—¡Corremos gran peligro! ¡Afuera hay unos ladrones dispuestos a todo!

—No temas, pequeño amigo. Todo se solucionalá. Ven, vamos a escondelnos...

La seguridad del anciano me tranquilizó. Cuando los delincuentes consiguieron forzar la puerta, ya estábamos escondidos en el techo. Desde ahí los escuchábamos trasladar los objetos hacia el camión. El más furioso repetía: "¡Maldito chiquillo, cuando te encontremos te haremos cenizas!"

Lo que no imaginaban era el plan de Lobelto.

Nos vestimos de negro para hacernos invisibles en la noche; por una escalerilla lateral descendimos de la torre y, mientras ellos trajinaban

adentro, desinflamos las llantas del camión. Luego volvimos a la torre y nos guarecimos de la lluvia bajo el alero en forma de pagoda.

Cuando los hombres vieron que el vehículo estaba en el suelo, sus gritos e imprecaciones debieron llegar a la mismísima China. Pero también hubo otros que los escucharon...

Ninguno se dio cuenta de cómo, silenciosamente, la casa fue rodeada por la policía y perros pastores. "Pelusa avisó", tuve la certeza, y recordé entonces a mi pobre hermana, quien saltó indefensa a la carretera.

¡Cómo había podido olvidarla!

Lobelto Chang reía por lo bajo viendo la sorpresa de los ladrones cuando sobre ellos saltaron tres perros negros como la noche.

En pocos momentos todo estuvo en calma y la corriente fue restablecida. Nuestro querido Migue, el policía, y un par de colegas ayudaron a colocar las piezas sustraídas en la Torre Penjing. Nuestro primo investigador no cesaba de mirarnos a Pelusa y a mí. Nunca se acostumbrará a que de un simple paseo hagamos un misterio peligrosísimo.

Días después, sentados sobre cojines tomamos un delicioso té, esta vez de melocotón imperial. Vemos divertidos cómo Tía Agatha, incomparable en su atuendo detectivesco —capa negra con lentejuelas doradas en forma de dragón celestial y sombrero bordado de filigranas florales—, planea con Lobelto una exposición de Penjing en la casa de los abuelos. Hablan como si se conocieran de toda la vida, y tal vez así sea, pues, al contemplarlos, Migue nos comenta:

—La vejez puede ser un país grande y lejano, pero también un jardín secreto donde pueden ser felices quienes conocen que la inteligencia camina más aprisa, pero el corazón llega más lejos.

Sin imaginarse el tropel que repentinamente ha entrado en su vida, Lobelto asiente cuando Tía explica su deseo de fomentar en Santa Fe el cultivo de miniaturas y vegetales ¡al por mayor!

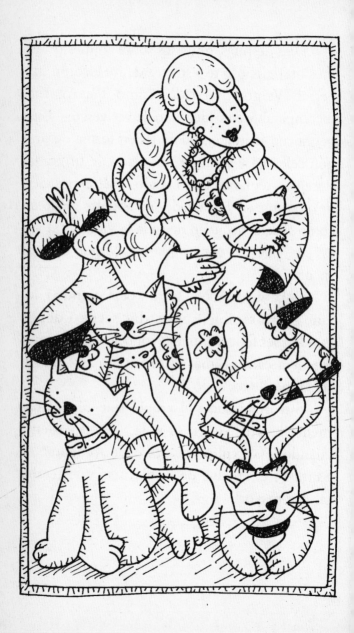

Porcelana de Cantón

—Arvid ha desaparecido. ¡Está perdido dido dido! —gritó Tía Agatha, tartamudeando, fuera de sí.

Venía con más aspecto de alocada que de costumbre: zapato rojo en un pie y tenis verde en el otro; el cabello recogido en un chongo y una trenza; vestía un estrafalario impermeable amarillo, de la época en que se perseguía a Moby Dick por los siete mares.

—Tía, tranquilízate y cuéntanos —Pelusa la había tomado de las manos, mientras yo corría por una taza de té aromatizado con unas gotas de "Aceite esencial de Romero", que enviara de Canarias Toni Alí, una buena amiga de la familia.

Después de tomarse tres tazas, con otras tantas gotitas de esencia, y dar con su sillón favorito, Tía comenzó su "despoluznante" relato:

—Queridos míos —dijo como si iniciara la hora del cuento—, ustedes ya conocen mi valiosa colección de gatos de porcelana. Son un grato recuerdo de Choji Chang, aquel vehemente enamorado que tuve en Cantón. ¡Pues ha desaparecido! ¡Completa! Y lo peor es que mi gato siamés, Arvid, acostumbraba dormir entre los mininos de porcelana. Allí se estaba quietecito, como uno más de la colección.

—¡Ahora sí, zambomba! —Pelusa no renuncia a las palabras altisonantes.

—¿Y qué hago sin mi gato guardián? —dramatizó Tía, y como si estuviera en el teatro, se mesaba los cabellos y se rasgaba las vestiduras.

—¡Un misterio! —exclamamos Pelusa y yo.

—Deben estar cerca —dijo Tía—, todavía a las cinco Arvid me despertó para que le diera sus croquetas, y son apenas las ocho de la mañana.

Los gatos habían sido robados entre las 5:30 y las 8:00 a.m. Corrimos a donde el policía,

pero estaba ocupado en el caso de la bicicleta que se robó a sí misma, y decidimos investigar solos.

—Seguro que el ladrón libera a Arvid cuando vea que es un gato de verdad.

Yo no estaba conforme con esta idea de mi hermana gemela, también los gatos siameses son muy valiosos.

Anduvimos por el pueblo, escudriñamos los jardines, buscamos huellas en la playa. Al fin llegamos a las ruinas del antiguo casino, un lugar que habíamos visitado cuando éramos pequeños, y en ese entonces nos pareció sucio y aburrido. Ahora las puertas y ventanas se hallaban clausuradas y la única entrada estaba cerrada con un candado enorme.

—¡Vámonos! —dije a mi hermana.

—Espera, Peluso, ¿no sientes un olor conocido?

Aspiré moviendo mi nariz de norte a sur y de este a oeste.

—¡Síííí, aquí huele a pipí de gato!

—Y a gato encerrado también.

No acababa de decirlo, cuando alguien a nuestras espaldas se anunció con voz queda e inquietante:

—¡Y pronto habrá dos chiquillos encerrados!

Pasaron las horas. Estábamos bajo las ruinas del casino. Mientras conversábamos afuera no nos percatamos de que se abría una trampilla, muy bien disimulada en la hierba, y salían unos tipos que, luego de atarnos, nos arrastraron hacia este sótano oscuro.

—Al menos Arvid escapó —comentó mi hermana pasado el susto—. Si fuera tan inteligente como suponemos...

De pronto nos despertó un maullido proveniente del exterior, luego escuchamos otro y otro más.

—Hay un coro de gatos allá afuera —aseguró mi hermana—. Parece la sirena de una patrulla.

Llegó un momento en que los maullidos eran ensordecedores. Luego se escucharon voces, un disparo, carreras, forcejeos.

Al abrirse la trampilla del sótano y entrar la luz a raudales, descubrimos unos gatos que nos miraban con sus ojos brillantes. Alguien descendió por los peldaños de piedra.

—¡Aquí están los niños!

Migue nos abrazó, pero también nos miraba con disgusto:

—¡Como siempre, mis queridos niñitos están donde existe el peligro!

—¿Y cómo nos encontraste? —quiso saber Pelusa cuando nos quitaron las correas y se llevaron a los malhechores.

—¡Imagínense! —aclaró Migue—. Si ese gato loco de tu tía arrastró detrás de sí a todos los mininos del pueblo. El coro que armaron se escuchó hasta en la loma del tanque...

—Pero si Arvid fue el secuestrado.

—Te equivocas, amiguito —dijo él con una sonrisa luminosa—. Arvid jamás se movió de su casa. Cuando los contrabandistas de porcelana se llevaron a los gatos, cargaron con la novia de Arvid.

—¿Arvid tiene novia? —gritó Pelusa, con los ojos abiertos como platos—. ¿Ese gato haragán y solterón?

—Sí —dijo Migue—, y su novia se llama precisamente Agatha y es una siamesa más loca que la tía de ustedes dos...

Robo en el caracol

Un día, al cruzar nadando la desembocadura del río Santa Ana, Pelusa y yo descubrimos una casa en forma de caracol. Era
verdaderamente peculiar, y lo más raro fue que
de allí salía corriendo una niña muy asustada.

  —¡Eh! ¿Por qué lloras? —le gritó Pelusa—. ¿Te perdiste?

  —No. Es que a mi abuelo le robaron sus
mejores cuadros.

  Nos miramos intrigados, sin entender.

  —¿Y ese humo que se ve al fondo del caracol? —preguntó Pelusa.

  —¡Ay, es el taller! —gritó asustada la
niña—. ¡Antes de irse en el bote, el ladrón debe
haber incendiado el local donde pinta mi abuelo!

—¿Tu abuelo es pintor? —pregunté interesado.

—Sí, un conocido paisajista de temas marinos. Cada cuadro suyo vale una fortuna, sobre todo en el extranjero...

—¿Y tú?

Pero mi hermana me interrumpió:

—Ya, Peluso. Si te dejo, la entrevistas. Ahora hay que actuar bien rápido.

—¡Mi madre! —exclamé preocupado—. ¿Y a quién avisamos primero: a la policía, a los bomberos o a los guardacostas? Aquí hay contenido de trabajo para todo el mundo...

—¡Migueeeee! —chilló Pelusa mientras corría como una loca hacia el lugar del incendio—. Tú buscarás a Migue, mi hermano, yo sigo al bandolero roba cuadros, y que esta niña vaya a ver si consigue apagar el fuego.

Al rato llegué agotado a la estación de policía. Migue no estaba, mas di la noticia a sus compañeros. Tampoco pude hallarlo en casa de su novia, Florecita Chang, por eso salí disparado hacia la biblioteca. Cuando no se encuentra de servicio, Migue se refugia allí para leer novelas policiacas. Dice que a veces saca gran ense-

ñanza de ellas porque, como bien asegura Miss Marple, "la naturaleza humana suele ser igual en todas partes".

—¡Pelusa... robo en el caracol... cuadros... incendio... peligro! —digo ya sin aliento y tirándome sofocado en un asiento.

—¡Lo de siempre! —grita él—. Vamos, llévame hasta la arrebatada de tu hermana.

Finalmente, Migue y yo nos encontramos a Pelusa peleando a karatazos con Atilino Musaraña, un conocido traficante de cuadros y otras menudencias.

Lo ha sorprendido cuando su embarcación cruzaba hacia el mar y quedaba enredada entre unos mangles.

Al parecer ya ha pasado el susto mayor.

Ahora estamos dentro de la casa caracol, que, como un sueño, sube y va estrechándose en espirales hasta concluir en una torrecilla donde duerme Conchita, la nieta del pintor. Aquello parece un laberinto irreal.

Hay infinidad de cuadros con mares quietos o embravecidos, sirenas sobre peñascos, puestas de sol y gaviotas volando sobre las aguas.

Afortunadamente Migue y sus colegas actuaron muy rápido y se llevaron esposado al bandido Atilino Musaraña. Se apagó rápidamente el incendio y los cuadros, intactos, han regresado a su lugar en la pared.

—¡Gracias! —dice el pintor emocionado—. ¡Quiero hacerles un regalo muy especial: cada uno escoja el cuadro que más le agrade!

Migue toma una puesta de sol para su novia. Él siempre tan romántico.

De mutuo acuerdo, Pelusa y yo nos volvemos hacia un cuadro que muestra a una pareja de hermosos jóvenes que se abrazan, sumergidos entre las olas.

—*El beso del mar* —aclara el pintor, y Migue nos mira sonriente, con cierto aire interrogante—. Ese cuadro es muy hermoso y tiene una historia tan bella...

Entonces, mientras miramos embelesados aquella obra de arte, los tres nos estamos preguntando lo mismo:

"¿Será que este cuadro nos va a llevar hacia una nueva aventura?"

Ya veremos...

El beso del mar

—¡Existe, mi hermano, existe! —gritó Pelusa entrando por la puerta como un torbellino—. Deja ese libro y atiende ya. Pasas el día leyendo como una polilla.

—¿De qué hablas? —dije levantando al fin la vista—. Siempre es igual: llegas en lo mejor de la lectura a interrumpir.

—La estatua, Peluso, la estatua que pintó el abuelo de Conchita —agregó emocionada—. Fui a verlo y me contó que representa el amor imposible de unos jóvenes, que prefirieron el mar antes que verse contrariados. La estatua es de bronce y la esculpió un amigo del pintor hace mucho, aquí mismo, en Santa Fe. Luego el hombre murió, y desde entonces la estatua ha desaparecido. Dice él que es más hermosa incluso que su pintura, y de estilo neoclásico.

—¡Estás hecha toda una experta! ¿Y de qué tamaño es?

—Enorme, Peluso, grandísima —explicó dando saltos—. Una medida aun mayor que la talla normal de una persona. Y si aparece resultaría una valiosa donación para el patrimonio local.

—¿Y nosotros qué podemos hacer? —pregunté.

—Buscarla, desde luego —aseguró ella decidida.

Desde ese día no he podido leer más. Cada atardecer, luego de la escuela, hay que hacer una excursión diferente: a la loma del tanque, las márgenes de la laguna, el viejo casino abandonado, el ojo del agua, las ruinas coloniales, la costa desde la puntilla hasta el bajo... pero la estatua no aparece.

—¡Tiene que estar en alguna parte! —afirma Pelusa porfiada—. Yo resolveré este misterio.

—Tal vez fue destruida...

—¡Ni pensarlo! —asegura molesta—. ¡Sé que aparecerá! ¡Lo sé!

Al fin, un día por la tarde, a la entrada de un canal donde suele haber pescadores, vemos que unos hombres de aspecto nada contable sacan con cuerdas algo muy pesado del mar.

Nos acercamos para escuchar lo que hablan.

—¡Cuánto bronce! —asegura uno—. Podríamos fundirlo y hacer maravillas, y si la estatua vale, a lo mejor podemos vendérsela a algún coleccionista...

Pelusa me mira con ojos de indio araucano en pie de guerra:

—¡Avísale a Migue o a otro policía que te encuentres por ahí! Yo me quedaré aquí. No se saldrán con la suya.

Pasa un rato. Cuando Migue y yo regresamos, acompañados de dos policías más, reina el alboroto en el lugar.

Mi hermana está subida como un chango sobre la cabeza de la estatua, tirándole piedras a los hombres que la amenazan con echarla al mar. "¿Cómo acabará todo esto?", pienso yo.

Ha transcurrido un mes y estamos frente a la biblioteca. Hay una fiesta por la develación de *El beso del mar*. Cuando quitan la lona que la cubre, vemos que fue bruñida y parece nueva.

Es conmovedora esa pareja de amantes que se debate entre las olas. Desde ahora quedarán aquí para siempre, donde todos los vean, como un triunfo del bien sobre el mal, del amor y el arte sobre el tiempo...

¡Fuego!

Pelusa y yo no entendemos a las personas que fuman molestando a los demás.

Vamos en el autobús y pensamos que nos ahogaremos: algunos hombres encienden puros que, como chimeneas, lo llenan todo de humo.

Cuando llegamos al mercado a buscar caramelos o natilla de chocolate, la mujer que los vende dice a través de la ventanilla:

—¿Qué desean? —y de su boca sale un humo gris, como si fuera un dragón...

Una vez mi hermana hizo un "apaga-cigarros-puros" con un encendedor viejo, y disparaba chorritos de agua a los fumadores inconscientes, pero los mayores nos regañaban pensando que lo hacíamos por maldad.

El otro día, en la sala juvenil de la biblioteca leíamos un libro muy hermoso, que sólo puede verse con las luces apagadas porque es lumínico.

De pronto, mi hermana empezó a olfatear como un gato:

—Peluso, huele a cigarro.

—¿Sí? Yo no siento nada...

—¿Y esa luz que viene del salón de al lado, Peluso? Ahora huele a quemado...

—¡Fuego, fuegooooo! —gritó alguien asustado—. ¡Fuegoooo! ¡Fuegoooo!

—¡Fuegooooo, fuegooooo! —repitieron varias voces, y sentimos un tremendo corre-corre.

Cuando salimos había mucho humo y llamas que subían por la pared del mural. Las bibliotecarias iban de un lado a otro buscando baldes de agua, y los vecinos también nos ayudaban gritando asustados. El fuego, que al parecer había empezado en un bote, quemaba ya un librero próximo, y también se incendiaron unos entrepaños de revistas.

Pelusa gritó:

—Mi hermano, llama por teléfono a los bomberos. Este fuego no lo podemos controlar nosotros. El extintor estaba detrás de ese libre-ro, y las muchachas solas no podrán apagar este incendio.

El teléfono estaba en un cuartito cercano al incendio. Yo no pensé que hubiera peligro al-guno pero, ya adentro, vi que todo el humo iba a dar allí. El humo me cegaba: tenía comezón en los ojos y la nariz, y mucha tos. Imaginaba que había cien fumadores reunidos pretendien-do ahogarme para que no pudiera avisar.

Al fin me comuniqué y di la noticia a la estación de bomberos. Me dolía mucho la ca-beza y hasta me había dado sueño.

De pronto me imaginé en un carro muy rojo que volaba por toda la ciudad tirado por caballos blancos. Sus mangueras eran trompas de elefantes, de las que salía agua de todos los colores para apagar los humos de los camiones, los cigarros y puros, el fuego de nuestra biblio-teca, que de ninguna manera se podía quemar.

Cuando me desperté, estábamos cerca del mar y alguien tiraba agua fría en mi cara. Una brisa agradable me acariciaba, e instintiva-mente miré hacia el edificio. ¡Los eficientes bomberos habían salvado nuestra biblioteca!

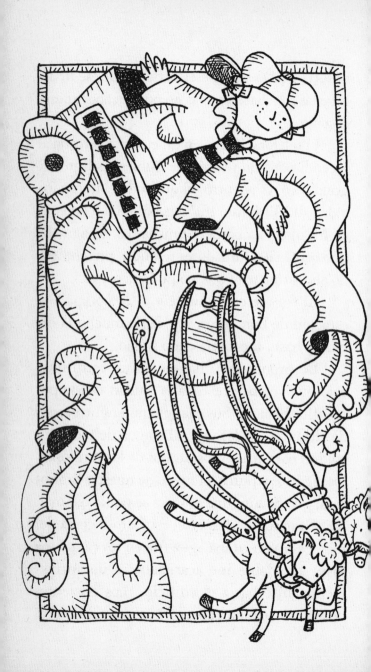

Ahora se disponían a marcharse. La directora de la sala juvenil me dijo:

—¡Fuiste muy valiente, Peluso, pero qué susto pasamos contigo! ¡La loca de tu hermana no nos dijo que estabas en aquel cuartito que casi se incendia...!

Los daños fueron mínimos: un bote, una silla, un librero, numerosas revistas. Afortunadamente nuestra biblioteca se había salvado. Estuvimos a punto de perderla por el cigarro encendido que algún fumador imprudente tiró entre los papeles.

—Volveré a usar mi "apaga-cigarros-puros" —me dijo Pelusa muy decidida—. Sí, lo haré mientras exista gente que no sepa leer los carteles de NO FUMAR.

Fantasmas asustados

Desde que mi hermana Pelusa leyó *El misterio del fantasma verde*, se disfraza todas las noches de fantasma. Anda así por el tejado de casa, se pasea por los muros, o se balancea en las ramas del almendro de la esquina.

Mamá no sabe qué hacer. No hay sábana que dure limpia en casa; Pelusa dice que el fantasma debe estrenar un traje cada noche. En realidad, a mi hermana siempre le gustó andar disfrazada, como a una tía nuestra que fue artista.

El otro día se alegró mucho al saber cómo sería nuestra fiesta de fin de curso:

—Deben venir disfrazados —indicó la maestra—: de piratas, indios, árabes, mosqueteros, chinos...

—¿Y de pequeños fantasmas? —preguntó mi hermana.

—Por supuesto —aclaró la maestra.

La fiesta fue un éxito. Cuando regresábamos, pasamos por una casa cercana al mar. Yo iba de pirata y Pelusa con su sábana, aunque ya no tan blanca como al amanecer. Al verla, una mujer comenzó a gritar muy asustada:

—¡El fantasma, el fantasma! ¡Otra vez el fantasma, y por el día!

Después de que la tranquilizamos, nos contó cómo en su casa aparecía cada noche un fantasma. Atravesaba el patio, corría por las rocas y se escondía en el mar.

—¡Qué emocionante! —dijo Pelusa, y los ojos le brillaban—. ¡Un fantasma de verdad! ¡Quiero conocerlo!

Esa noche los dos fuimos vestidos igual: claro, de fantasmas. La mujer nos atendió amablemente y pidió que tuviéramos cuidado. Nos apostamos en una ventana que daba al traspatio a esperar.

A la media hora, de la casa vecina salió una sombra blanca. Avanzaba lentamente, y al parecer iba con algo muy pesado. En silencio,

Pelusa y yo salimos al patio. Nos escondimos atrás de un árbol...

El fantasma pasó a nuestro lado sin vernos, siguió hasta las rocas y desapareció en la orilla. Ya nos íbamos a levantar cuando vimos otro fantasma; se fue en la misma dirección.

Al rato regresaron. Y así varias veces. Pelusa me dijo:

—¿Tienes hilo de pescar? ¡Dámelo!

Atamos un extremo al muro y el otro a un palo, de esos que los pescadores ponen en la orilla para marcar dónde han tirado el hilo.

Los fantasmas volvieron con su carga, y al pasar por la trampa cayeron al suelo. Gritaron adoloridos. Pelusa y yo nos reímos en voz baja.

—No son tan fantasmas si se quejan así...

Entonces mi hermana comenzó a chillar como una loca, y yo la imité:

—Huuuuuuu, ahhhhhhh, aggghhhhh, huuuuuuuu...

Trepamos al muro y dimos toda una exhibición de saltos y karate. Los fantasmas, o lo que fueran, salieron corriendo y dejaron su carga en las rocas. Nos acercamos, y al mirar sólo descubrimos:

—¡Qué extraño —dijo mi hermana—, ropa!

De pronto, alguien se nos acercó por la espalda y dijo:

—¡Devuélvannos eso, es de nosotros!

—¡Yiagggg! —gritó mi hermana, y comenzó a tirarles ropa a los dos fantasmas, que habían regresado.

Uno me agarró torciéndome un brazo, y el otro trataba inútilmente de cazar a mi hermana. Entonces, desde el muro, una voz dijo:

—¡Arriba las manos, todos! Fuera con las sábanas... ¿Es que aquí hay un congreso internacional de fantasmas o qué...?

Un potente reflector nos alumbraba. Escuchamos una voz conocida:

—Así que éste era el misterio de la ropa robada de la tintorería —dijo Migue, nuestro amigo policía, a dos soldados—. Y los Pelusos, como de costumbre, metidos donde nadie los llama. ¡Son unos verdaderos fantasmas: están en todas partes a la vez!

Agatha en peligro

Mi hermana Pelusa y yo tenemos una tía —algo alocada, según nuestros padres— que siempre visitamos durante las vacaciones. Ella se llama Angélica, pero le decimos Agatha, porque nos presta novelas de misterio, sobre todo de las que escribía la célebre señora Christie.

En su juventud, la tía fue una gran actriz. Los admiradores la perseguían y se enamoraban tanto de ella que tenía que esconderse detrás de los telones, en la concha del anotador y hasta en los huacales del vestuario. Así y todo, algunos admiradores más persistentes que otros llegaron incluso a casarse con ella.

Pero eso fue antes. Ahora Tía Agatha vive sola en una casa tan vieja como ella misma, y con siete balcones. Cada amanecer se asoma a uno distinto, y vestida con el traje que se le ocurra, riega sus plantas. Unas veces va de princesa, otras de hada; hay días que es odalisca o gitana, y quizás hasta te la podrías encontrar alguna vez disfrazada de la propia Agatha Christie. Todo depende de su ánimo, tan cambiante como el estado del tiempo.

En verdad Tía no vive sola. Cada esposo, además de muchos adornos bonitos y caros, le dejó como recuerdo un animalito. El más viejo es el gato Arvid, un siamés de malas pulgas que se cree un príncipe. Dice la tía que es su predilecto, y ya tiene como cien años. También viven con ella la lechuza Dominica, a quien le encanta maquillarse por la tarde para quitarse la edad; la tortuga Melodiosa, que siempre está perdida; Sísifo, un conejillo de Indias que devora cuanto encuentra a su paso; y la araña Herminia, que en realidad no fue regalada por ningún admirador o esposo, sólo está allí porque llegó.

¡Y todavía hay gente que asegura que nuestra tía, la pobre, vive tan sola y abandonada!

La casa de Tía Agatha es bastante extraña, como un palacio o algo así. Ella asegura que con sus adornos se podrían montar varios museos de artes decorativas; allí hay objetos de porcelana, lámparas de medallones, figuras de biscuit, copas de bacará, búcaros de Murano, cuadros de pintores famosos y hasta piezas de alabastro. En realidad los adornos están un poco sucios, porque entre los animales, las plantas, las novelas que lee a todas horas y su vieja manía de andar disfrazada, Tía no tiene tiempo de sacudir, barrer o tirar agua.

Los adornos no le preocupan mucho. Cuando se cansa de verlos los cambia de sitio, y entonces la araña Herminia deberá permutar con toda su parentela hacia algún oscuro rincón, ¡hasta que pase la tormenta! Lo que más nos agrada a Pelusa y a mí de esa casa es que siempre parece distinta, pero misteriosa.

La otra tarde, cuando visitábamos a nuestra tía, vimos que faltaba un adorno, precisamente aquel que más nos gusta. Se trata de una estatua de dos personas abrazadas —griega, según Agatha— y completamente desnudas. "¡Tremendos puntos eran aquellos griegos!", aseguró mi hermana.

Por mucho que la buscamos, la estatua no apareció.

Ya nos olvidábamos del asunto, cuando ayer Tía Agatha nos llamó un poco preocupada:

—Mi cofre de maderas preciosas se ha perdido —aseguró por teléfono—. Y lo peor es que en él guardaba toda mi colección de recibos de la corriente eléctrica, del agua, telegramas viejos, fotos de familia, postales de felicitación y las cartas, las cartas de amor...

Esta mañana, Tía volvió a llamarnos:

—Niños, mi réplica en plata de la torre de Pisa ha desaparecido, y también el juego de candelabros de platino y las máscaras de la reina Elexni de Etrur...

—Iremos para allá —le dijo Pelusa para tranquilizarla, y cuando colgó me miraba ya con esa cara peculiar.

—¿Qué hago? —pregunté.

—Llama a Migue, mi hermano. Sólo él, que es policía, nos podrá ayudar.

En la estación, nuestro querido Migue no estaba; sólo se me ocurrió dejarle este recado:

Robo, casa siete balcones
Pelusos

—A mí no me agrada para nada esa combinación —replicó mamá cuando le informamos—: dos chiquillos locos y una vieja arrebatada. ¿Qué podría salir de ahí? ¡Nada bueno!

Pero finalmente, acostumbrada a nuestras correrías, nos dejó ir.

Por la noche, mientras cuidábamos a Tía, ésta sugirió jugar al teatro. Era una noche tan aburrida, no sucedía nada extraordinario: sólo caían truenos ensordecedores, impresionantes relámpagos, y afuera de la casa se escuchaba todo tipo de ruidos.

Tía nos trajo disfraces de los siete armarios donde guarda todavía ropa de sus antiguas actuaciones, y fuimos escogiendo lo que más nos agradaba. Ella optó por ser un caballero andante, dadas las circunstancias. Pelusa se disfrazó de pirata y yo de samurai. Pero la cosa no quedó ahí, no: a la lechuza Dominica le pusimos una barba postiza; al gato, un chaleco de lentejuelas y un cascabel en el cuello; como disfrazar a la tortuga resultaba imposible, le atamos al caparazón una pandereta y al conejillo de Indias un sonajero de palitos chinos. Los

animales de Tía ofrecían una imagen simpática e inquietante a la vez.

Ya era medianoche y nos caíamos de sueño. Apagamos las luces y, por si acaso, decidimos quedarnos en la sala. En caso de peligro actuaríamos más rápido allí: es decir, era el sitio más propicio para escapar corriendo...

Ya me quedaba dormido, cuando sentí ruido en uno de los balcones, el del norte, como le llamaba Tía. Se abrió muy lentamente, con un crujido de puerta quejumbrosa; entró la luna, y después una sombra alargada que parecía tener garras y pelos largos. A esa hora yo empecé a temblar. ¡Los misterios me gustan mucho, pero sólo en los libros! Sentía toda clase de gruñidos y cosas que se arrastraban por el suelo. Veía, además, muchas otras sombras por toda la casa. Estiré una mano para despertar a Pelusa, pero no estaba. Alargué la otra, y tampoco estaba la tía Agatha. ¿Qué ocurría realmente?

De pronto, en medio del silencio, escuché un cascabel repicando como una campana. Una cosa peluda me pisó fugaz la mano.

—¡Ayyyyyyy! —grité asustado.

—Miauuuuuu —maulló el gato Arvid con evidente molestia.

—Chissssttttt —chistó en las sombras la lechuza Dominica, volando muy campante de un sitio a otro.

Entonces sí que comenzó la función. Por cualquier parte se oían cosas caer al suelo, cascabeles y panderetas haciendo más ruido que silbatos en una fiesta, gente corriendo y hasta el inexplicable canto de un gallo.

Me levanté tan sigilosamente como pude. Fui avanzando. Algo se enredó en mi cara, no me lo podía quitar. "Ah", pensé, "las telarañas de Herminia". Seguí y alguien me agarró la mano, otra cosa se me enredó entre los pies, traté de soltarme y no podía. Levanté mi samurai y chocó contra una espada. "Mi tía", me dije, "como anda de caballero andante...".

Luego, alguien gritó adolorido. Pero no era ninguno de nosotros:

—Me pica. Quítenme este bicho que me pica los pies, me araña los brazos, me raspa la cabeza, se me enreda en los ojos, me muerde las manos. ¡Ayyyyyyyyy, quítenmelo!

Entonces se encendió la luz y pude verlo todo: mi hermana colgaba de una lámpara dando sablazos a diestra y siniestra; Tía, encaramada en la mesa, tiraba cubiertos como si fueran cerbatanas; y parados en la puerta de la calle, Migue y dos policías ya le apuntaban con sus pistolas al ladrón.

¿Y él?, ¿dónde estaba?

En el suelo.

El conejillo de Indias, la lechuza, la tortuga, el gato y hasta la araña estaban enredados con aquel hombre flaco y de cara siniestra que veíamos por primera vez. Y, al parecer, los animales se divertían de lo lindo con él.

Más allá, cerca del balcón norte, había un saco con candelabros, adornos, platos de pared y miles de objetos más.

Cuando volvió la calma, si es que eso resulta posible en una casa como la de mi tía Agatha, nos sentamos a desayunar con Migue.

—Debe tener cuidado con las puertas, Tía —le aconsejó—. Podría ocurrir otra vez, y de no ser por los niños que nos avisaron... ¿Por qué no hizo la denuncia?

—¡Ay, mi hijo! No pensé que fuera un ladrón quien hacía desaparecer mis adornos. Como siempre estoy algo aturdida por andar en tantas cosas a la vez... Pero no te preocupes, yo me cuido sola. ¿Para qué hago ejercicios todos los días?

Y entonces hizo abdominales colgada de la reja de un balcón.

—Pero usted sabe cómo son los ladrones —prosiguió Migue—, que se cuentan unos a otros dónde hay algo valioso que robar...

—Aquí nunca más habrá algo que robar, Miguelito —afirmó la tía adueñándose de la escena como en sus mejores obras de antaño—. He decidido donar todas las piezas valiosas a un museo, sí, uno que se hará aquí en Santa Fe algún día, y que yo misma bautizaré como "El museo de los valores locales"...

—Es lo mejor que se le puede ocurrir —exclamó Migue admirado—. No resulta bueno tener esas riquezas viviendo tan sola.

—¿Tan sola? —exclamó la tía mirándonos jocosamente—. ¿Quién ha dicho que alguna vez Angélica, alias Agatha, ha estado sola?

Y los tres nos abrazamos tranquilos, mientras una sinfonía de cascabeles, pandereta y sonajero saludaba el amanecer. Después de reflexionar un instante, Tía Agatha aseguró:

—Y no me dono yo misma a ese museo, porque tal vez no acepten antiguallas de mi especie...

Índice

2881